AF595199

CABINET

DE FEU

M. DE GISORS

Architecte du Sénat, Membre de l'Institut, etc.

TABLEAUX & DESSINS

ANCIENS & MODERNES

OBJETS D'ART & DE CURIOSITÉ

EXPOSITION PUBLIQUE

Le Lundi 3 Décembre 1866, de une heure à cinq heures

VENTE

Les Mardi 4 et Mercredi 5 Décembre 1866.

Me DELAHAYE, Commissaire-Priseur.

MM. Francis PETIT et Charles MANNHEIM, Experts.

RENOU ET MAULDE
IMPRIMEURS DE LA COMPAGNIE DES COMMISSAIRES-PRISEURS
Rue de Rivoli, 144.

CATALOGUE

DES

TABLEAUX & DESSINS

ANCIENS ET MODERNES

AINSI QUE DES

OBJETS D'ART

ET DE CURIOSITÉ

QUI COMPOSENT LE CABINET

De feu M. DE GISORS

ARCHITECTE DU SÉNAT, MEMBRE DE L'INSTITUT, ETC.

ET DONT LA VENTE AURA LIEU

PAR SUITE DE SON DÉCÈS

HOTEL DROUOT, SALLE N° 2

Les Mardi 4 et Mercredi 5 Décembre 1866,

A DEUX HEURES ET DEMIE PRÉCISES

Par le ministère de Me **DELAHAYE**, Commissaire-Priseur,
Place Boïeldieu, 1;
Assisté de M. **Francis PETIT**, Expert, rue Saint-Georges, 7;
Et de M. **Charles MANNHEIM**, Expert, rue de la Paix, 10,
CHEZ LESQUELS SE TROUVE LE CATALOGUE.

EXPOSITION PUBLIQUE

Le Lundi 3 Décembre 1866, de une heure à cinq heures.

PARIS — 1866

CONDITIONS DE LA VENTE

Elle sera faite au comptant.

Les adjudicataires paieront CINQ pour cent en sus des enchères, applicables aux frais.

ORDRE DES VACATIONS

Le Mardi 4 Décembre 1866

LES TABLEAUX ET LES DESSINS

Le Mercredi 5 Décembre 1866

LES OBJETS D'ART ET DE CURIOSITÉ.

TABLEAUX MODERNES

BELLEL

1 — Paysage italien ; bouquet d'arbres bordant une rivière.

H. 16 c. L. 32 c.

BENOUVILLE (Léon)

2 — Rentrée du Pape à Rome.

Esquisse pour la décoration de la salle du Trône, au Sénat.

H. 32 c. L. 23 c.

BOULANGER (Louis)

3 — Quatre Esquisses de décoration pour le cabinet du président du Sénat

Formes cintrées.—H. 27 c L. 88 c.

BRUNE (Adolphe)

4 — Deux Cadres contenant six Esquisses des décorations du plafond de la salle du Trône, au Sénat.

Deux de : — H. 35 c. L. 47 c.
Quatre rondes de 23 c. de diamètre.

BRUNE (Adolphe)

5 — Trois autres Esquisses : Figures allégoriques.

H. 29 c. L. 41 c.

CABAT

6 — Paysage avec figures et animaux.

H. 38 c. L. 63 c.

CHAMPMARTIN

7 — Quatre Esquisses : Figures allégoriques.

H. 23 c. L. 32 c.

COUDER (Aug.)

8 — Entrée de l'Empereur à Paris.

Esquisse pour la décoration de la salle du Trône, au Sénat.

H. 33 c. L. 23 c.

DE DREUX (Alfred)

9 — Amazone en costume Louis XV, montant un cheval noir.

H. 45 c. L. 31 c.

DIAZ

10 — Paysage ; chemin sur la lisière d'un bois.

H. 54 c. L. 80 c.

GIRAUD (Eugène)

11 — Dames espagnoles.

H. 80 c. L. 64 c.

GOSSE

12 — L'Empereur visitant les travaux du Louvre.

Esquisse pour la décoration de la salle du Trône, au Sénat.

H. 33 c. L. 23 c.

GOURLIER (Paul)

13 — Paysage des environs de Rome.

H. 31 c. L. 53 c.

LARIVIÈRE

14 — Proclamation de l'Empire, à Saint-Cloud, 7 novembre 1852.

Esquisse pour la décoration de la salle du Trône, au Sénat.

H. 33 c. L. 23 c.

ROBERT FLEURY

15 — Mariage de l'Empereur.

Esquisse pour la décoration de la salle du Trône, au Sénat.

H. 32 c. L. 23 c.

LEHMANN

16 — Le Triomphe de la Religion.

Esquisse d'un des hémicycles de la salle du Trône, au Sénat.

H. 45 c. L. 90 c.

MOZIN

17 — Marine.

H. 24 c. L. 34 c.

JULES NOEL

18 — Souvenir de Bretagne.

H. 38 c. L. 58 c.

JULES NOEL

19 — Plage à marée basse.

H. 37 c. L. 60 c.

PILS

20 — La Distribution des Drapeaux à l'armée, par l'Empereur.

Esquisse de la décoration de la salle du Trône, au Sénat.

H. 33 c. L. 23 c.

RIESENER

21 — L'Élégie.

H. 67 c. L. 39 c.

ROQUEPLAN

22 — La France dictant ses Lois.

H. 47 c. L. 37 c.

ROQUEPLAN

23 — Enfants jouant avec un chien.

Forme ovale. — H. 18 c. L. 22 c.

ROUSSEAU (Ph.)

24 — Deux petits Panneaux de décoration : Attributs de chasse.

H. 34 c. L. 15 c.

TROYON

25 — Paysan monté sur un âne et traversant un gué.

H. 24 c. L. 44 c.

---

26 — Diverses Esquisses.

TABLEAUX & DESSINS

ANCIENS

BERGHEM

27 — Paysage italien avec Figures et Animaux.

CANALETTI

28 — La Douane et l'Église de la Salute à Venise.

H. 46 c. L. 71 c.

ÉCOLE FLAMANDE

29 — Portrait de femme.

H. 60 c. L. 43 c.

PETERS NEEF

30 — Galeries ouvertes sous de grands Monuments bordant une Place publique.

Signé Peters Neef. 1579.

(Dessin à la plume.)

JEAN BRUEGEL

31 — Paysage traversé par une rivière.

Signé Jean Bruegel, 1620.

(Dessin à la plume.)

DESSINS MODERNES

BOULANGER (Louis)

32 — Un Visiteur.

(Dessin à la plume.)

DAVID D'ANGERS

33 — Trente-cinq Portraits ; croquis à la plume.

Cherubini, Hersent, Cortot, Ingres, Gros, Lebas, Perrier, Renouard, Regnault, Lesueur, Quatremer de Quinci, Turpin de Crissé, Bidault, Vaudoyer, Cartellier, Ramey, Gul, etc., etc.

Ce numéro sera divisé.

DELACROIX (Eugène)

34 — L'Éloquence.

La Philosophie.

Figures pour la décoration de la Bibliothèque du Sénat.

(Deux Dessins.)

DELACROIX (Eugène)

35 — Trois Croquis divers.

(Plume.)

HEIM (1828)

36 — Portrait de Mlle Mars.

(Dessin.)

37 — Portrait de M. le baron Taylor.

(Dessin.)

---

38 — Quelques Gravures encadrées.

DÉSIGNATION

DES OBJETS

D'ART & DE CURIOSITÉ

39 — Belle Pendule du temps de Louis XIV, forme dite religieuse, en marqueterie des trois parties, cuivre, étain et écaille; ornée de quatre colonnes détachées à chapiteaux corinthiens, et enrichie d'ornements en bronze doré. Mouvement de Charles Champion, à Paris.

40 — Encrier en marqueterie des trois parties, cuivre, étain et écaille, à décor d'ornements à rinceaux et oiseaux. Époque Louis XIV.

41 — Deux jolis petits Vases, forme balustre, en ancienne porcelaine de Sèvres, pâte tendre, émaillée bleu, dit de Vincennes; ils sont montés à socles, anses, gorges et couvercles en bronze ciselé et doré. Époque Louis XV.

42 — Petite Coupe ronde, en ancienne faïence de Bernard Palissy, décorée d'entrelacs, de mascarons et de fleurons émaillés en couleurs et découpés à jour. Le revers est jaspé.

43 — Plateau rond, de même faïence, représentant le sujet de Persée délivrant Andromède, émaillé en couleurs.

44 — Deux Pièces en fer : Verrou, décoré de cariatides, d'un mascaron et d'entrelacs, et poignée de tiroir en forme de balustre cannelé et orné d'une tête de Chérubin. XVIe siècle.

45 — Cippe en granit rose oriental de 29 centimètres de diamètre et de 135 millimètres de hauteur.

46 — Plaque ovale en faïence de Nevers, décorée, au centre, d'un écusson armorié et à bordure à ornements en r lief.

47 — Trumeau du temps de Louis XIV, orné d'une glace biseautée surmontée d'un cartouche ovale renfermant une peinture en grisaille représentant un Vase de fleurs, et entouré de riches ornements, de mascarons et de guirlandes de fleurs en bois sculpté en relief.

48 — Petite Glace Louis XIII à fronton, à bordure en glace, enrichie d'appliques en cuivre repoussé et découpé à jour.

49 — Environ deux cents Médailles antiques en bronze, qui seront vendues par lots.

50 — Fauteuil Louis XIII en bois sculpté, garni en brocatelle.

51 — Chaise à dossier élevé en bois sculpté, du temps de Louis XIV, garnie en brocatelle.

52 — Deux grands Vitraux décorés d'armoiries et montés dans des portes en acajou.

53 — Deux Vitraux ronds anciens, avec encadrements de forme carrée représentant des sujets religieux.

54 — Vitrail carré du XVe siècle, représentant un Chevalier armé de toutes pièces.

55 — Deux Aiguières de style Louis XVI, en bronze, sur socles en marbre noir.

56 — Cassolette ou brûle-parfums en bronze, à panse sphérique, décorée d'animaux en relief et reposant sur trois pieds à têtes chimériques. Les anses sont formées de Dragons, et son couvercle est surmonté d'un Dragon et découpé à jour. Socle en bois sculpté et découpé à jour. Travail japonais.

57 — Coupe en bronze supportée par trois figurines d'enfants.

58 — Deux Statuettes en bronze, d'après l'antique : Jupiter assis; socles en marbre.

59 — Héron et Serpent en bronze, sur socle en marbre.

60 — Cent soixante Médaillons en bronze, par David d'Angers, représentant des personnages célèbres. Ce lot sera divisé.

61 — Deux grands vases en porcelaine de Chine, à décor de personnages, émaillés en couleurs et montés en candélabres en bronze.

62 — Quantité de petits Vases étrusques, qui seront vendus par lots.

63 — Quantité de Groupes, Statuettes et Bas-Reliefs en plâtre, qui seront vendus par lots.

64 — Bouquin en ambre pour narguilhé.

Renou et Maulde, imprimeurs de la Compagnie des Commissaires-Priseurs,
rue de Rivoli, 144. 57546

RED. :

19

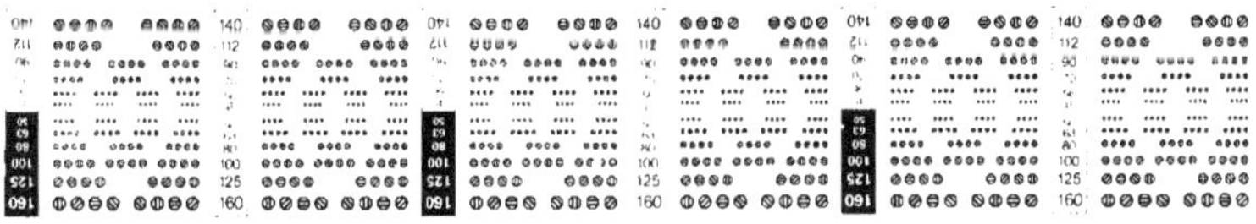

www.ingramcontent.com/pod-product-compliance
Lightning Source LLC
LaVergne TN
LVHW050230180726
843501LV00013BA/3724

* 9 7 8 2 3 2 9 6 2 3 6 4 1 *